CUON韓国文学の名作

004

鄭芝溶詩選集

# むくいぬ

鄭芝溶

吉川凪 訳

This book is published with the support of
Literature Translation Institute of Korea (LTI Korea).

目次

『鄭芝溶詩集』（詩文学社、一九三五）より

未収録詩篇

韓国語エッセイ



日本語作品

エッセイ

# 鄭芝溶《チョンジヨン》詩選集　むくいぬ

『鄭芝溶詩集』（詩文学社、一九三五）より

『鄭芝溶詩集』収録作品のうち三十八篇を訳出した。
同じタイトルの作品を区別するためにつけられた番号も同書に従った。

# 海　1

鯨が横断すると
海峡が天幕みたいにはためきます
……白い波が湧き上がり　小石は下に落ち
銀の滴《しずく》となって浮かぶ海雲雀《うみひばり》＊……
半日狙っています　あの赤い身を奪おうと

ワカメの匂う岩陰で
躑躅《つつじ》*色の貝が日なたぼっこ
青ツバメは羽を広げて滑ります
琉璃《がらす》*みたいな空を
海がすっかり見通せます
青竹の葉っぱ色の
海
春

花のつぼみが吊るし電球みたいに並んだ
小さな山に――しているのでしょうか

松の木や竹で
いっぱいの森に――しているのでしょうか

黄色と黒のまだら模様の
ブランケットを巻いてうずくまる虎に――しているのでしょうか

あなたは〈こんな風景〉を連れて
白い煙みたいな
海を
ずっとずっと航海してごらんなさい

未知の世界に飛び込む青年の心情が感覚的に表現された作品。芝溶には海を描いた詩がたくさんあり、ほとんどは京都留学時代（一九二三年四月〜一九二九年六月）に関釜連絡船で朝鮮と日本を往復した経験に基づいている。内陸部で育った詩人にとって海の風景は極めて新鮮だったはずだ。なお、鯨は日本近海によく出没していたから芝溶も実際に目撃したと思われる。「――」で記された部分には何が入るのだろう。詩人が読者になぞなぞを仕掛けているようだ。

＊海雲雀：原文はパダチョンダルセ（パダは海、チョンダルセは雲雀）。海雲雀という名の鳥は存在しない。これはロバート・ブラウニングの詩「岩陰に（Among the Rocks）」に出てくるsea-larkに由来すると思われる。sea-larkは小さな鴫《シギ》や千鳥などを意味する言葉で、上田敏も『海潮音』において「海雲雀」と直訳している。

＊躑躅色：チンダルレと呼ばれるカラムラサキツツジの色。紫がかったピンク。

＊琉璃：琉璃は青く美しい宝石の名前で、瑠璃に同じ。朝鮮語ではこれを「ユリ」と発音し、ガラスという意味で日常的に使う。

## 毘盧峰《ピロボン》*

身をすくめた白樺林に
季節がうずくまっている

ここは肉体のない　ひっそりした宴《うたげ》の場
香料のような滋養が額に沁み

海抜五千フィート　巻雲の上で
マッチの火をつける

東海《トンヘ》*は青い挿絵のように静止し
雹《ひょう》が蜜蜂の群れのように移動する

恋心は影まで脱ぎ捨てよう
きれいさっぱり凍えろ　コオロギのように

*毘盧峰：朝鮮半島東海岸に位置する金剛山《クムガンサン》の主峰。現在は北朝鮮の領域にある。標高一六三八メートル。
*東海：日本海。

# 紅疫《はしか》＊

石炭から燃え上がる
太古の美しい炎を巡り
十二月の夜が静かに退く
琉璃《がらす》は光を失い
カーテンは閉ざされ
戸も鍵がかかったまま

吹雪は取り乱した蜜蜂の群れのように唸り
どこかの村で
紅疫《はしか》が躑躅《つつじ》のように咲き乱れる

＊紅疫：はしかは日本では〈麻疹〉と書くが、ここでは原語〈紅疫《ホンヨク》〉をそのまま使った。

# 時計を殺す

真夜中の掛け時計は不吉な啄木鳥《きつつき》
俺の脳髄をミシン針みたいにつつく
起きて　ぶつぶつつぶやく〈時間〉をひねり殺す
残忍な手にからみつくかぼそい首！

今日は十時間働いた
疲労した知性はただ歯車を回す

俺の生活は怒りをすっかり忘れた
ガラスの檻をうろつく黒い熊みたいに生あくび

夢みたいな話は夢にもしないぞ
必要ならば涙だって製造するのみ

とにかく定刻にきっちり睡眠を取ることが
高尚な無表情であり趣味でもあるのだ

明日！（明日でなくても構わない永遠の婚礼！）
音もなく動く俺の白金《ぷらちな》ツェッペリン*　その悠々とした夜間飛行よ

時間に縛られ管理される工場労働者の心理を描いている。プロレタリア文学の影響が感じられる作品。

＊白金ツェッペリン：〈白金〉は芝溶が憧れていた詩人北原白秋が偏愛した単語。ドイツ製のツェッペリン伯号は当時世界最大だった飛行船で、一九二九年に東京上空に現れて話題を呼び、「君はツェッペリンを見たか」という流行語を生んだ。古賀春江の油彩画「海」（一九二九）にもそれらしき物が描かれている。

# 朝

プロペラの音……
鮮やかなカーブを描いて去った

快晴！　藍色の六月の都市は　また一階ぶん背が伸びた

僕は肩を回す
あくび……首を伸ばす
赤い雄鶏の格好で

湧き上がる噴水をくわえ……吐き出した……
日差しが白孔雀の尾を思い切り開く

睡蓮が花弁を開いた
閉じていた葉っぱ　葉っぱ　葉っぱ
水銀の玉を転がしている
ああ　乳房のように湧き上がる水面《みなも》よ
風がかすめ　ガチョウが滑り　空が回る

きれいな朝――
僕は貪《むさぼ》るように息を吸う
時は屈託のない白い帆を上げる

# 琉璃《がらす》窓　1

琉璃に　冷たく哀しきものが揺れている
おずおずと近寄り息をかければ
なついたように凍えた羽をぱたぱたさせた
消しても　消しても
漆黒の闇が退いてはまた押し寄せ　ぶつかり
水をふくんだ星が宝石のように象眼される
夜　ひとり琉璃を磨くのは
孤独で恍惚とした心持ちだからだ

かはゆらしい肺血管が裂けたまま
お前は野の鳥のごとく行ってしまったんだね

幼い長女がはしかに肺炎を併発して亡くなった時の心情を描いた作品と思われる。

# 琉璃窓　2

外を見れば
真っ暗な夜
陰鬱な庭で松の木がしきりに伸びる
向き直って席に戻る
私は渇いている
再び近づいて
琉璃を口でつつく
ああ　金魚鉢の金魚のように息苦しい

星もない　木もない　口笛ふく夜
小さな蒸気船のように揺れる窓
透明な紫色の雹《ひょう》　ああ
この裸体を引きずり出し　打ちのめし　悪罵せよ
私は発熱する
頬はむしろ恋情に燃えるごとく
琉璃に擦《す》りつけ　冷えきった口づけを飲む
痛ましくあえかに軋《きし》む音——
遠い花！
都会にはきれいな火事が燃え上がる

# 蘭

蘭の葉は
むしろ水墨の色と言うべき
蘭の葉に
薄い霧と夢が訪れる
蘭の葉には
真夜中に開く唇がある

蘭の葉は
星の光に目を覚まして寝返りを打つ

蘭の葉は
あらわな肘をどうにもできない

蘭の葉に
そよ風が吹く

蘭の葉は
寒い

この蘭は東洋の文人画によく描かれた四君子《しくんし》（蘭・竹・菊・梅）の一つ。清楚な花やすっと伸びた葉、すがすがしい香りを観賞するもので、派手な花をたくさんつける種類ではない。

# 海峡

砲弾で開《あ》いたような丸い船窓に
眉毛まで上がった水平線

どっかり降りた空は
卵を抱く巨大な雌鶏《めんどり》

透明な魚族の行列を
僕は座ってのんきに眺める

マントの襟に立つ耳は法螺《ほら》貝のように
騒々しい無人島の角笛を鳴らし——

海峡午前二時の孤独は完璧な円光を戴いている
悲しいはずもないけど少女のように涙ぐもう

僕の青春は僕の祖国
明日　港は晴天だ

航海はまさに恋愛のように沸き立ち
どこかで真夜中の太陽が燃え上がる

# 再び海峡

正午近い海峡は
白いチョークで描いた鮮やかな円周

マストのてっぺんの赤い旗は空よりきれい
次々に湧き上がるキャベツのような波のうねり

シマウマみたいなアザラシみたいな愛らしい島たちが駆けてくるけど
一つ一つなでてやれないまま過ぎてしまう

水の鏡が倒れるように海峡がぐらついた
でも水はこぼれない

地球の上を這《は》うことが
こんなに楽しいなんて！

淋しい所を通る時　汽笛は怯《おび》えた声を出す
ロバみたいに哀れっぽく

海峡の七月　太陽の光は
月光よりさやか

煙突脇のはしごの所で
済州島訛《なま》りの人と仲良くなった

二十一歳　初めての航海で
恋愛より先に煙草を覚えた

# 地図

地理教室専用地図は
再び訪れて見る麗しい七月の庭園
千島列島付近のいちばん濃い青が真実の海より深い
真ん中の青黒い点に飛び込むのは　なんと素敵な諧謔《かいぎゃく》だろう
椅子の上でダイビングの姿勢を取った瞬間
教員室の七月は真実の海より寂しい

# 五月の手紙

桐の花に燃え立つこの地の初夏が恋しいのか
幼い旅人の夢は青い鳥になって
木陰にいても　机に頬杖をついていても
耳元でお前のことばかりささやきかける

久々の手紙に胸はときめき
愛らしい文字の一つ一つに黄海《ファンヘ》*が波立つ

――俺は鷗《かもめ》のような小船を走らせている――

快活な五月のネクタイが順風になれば
空に迫る青い波にぽっかり浮かぶ
孤島のロマンでも探しに行こうか

日本語とアラビア数字を教えに行った
小さなペスタロッチ*　ウグイスみたいな先生よ
日ごと夜ごと島は不気味な風波にさらされ
彼方から流れてくる微かなオルガンの音――

五月は陰暦五月だろう。教師になって離島に赴任した腹違いの妹を思って書いたらしい。

＊黄海：中国と朝鮮半島の間の海。
＊ペスタロッチ：戦前の日本や朝鮮に多大な影響を及ぼしたスイスの教育家。

# 早春の朝

聞きなれない鳥の声がして
清楚な銀時計で殴られたように
心はあれこれの用事に引き裂かれ
水銀玉みたいにころころ散らばる
寒くて起きるのがほんとに嫌だ

◆

ネズミを捕まえるように
襖をそうっと開ければ
パンツ一丁では　おお　寒い

枯れたネナシカズラの蔓の間を
真っ赤な小鳥が機織りの杼《ひ》みたいに出入りする

◆

小鳥と会話できそうな気がする
鋭く柔らかな心がはばたく
小鳥と僕のエスペラントは口笛だ
小鳥よ　今日はずっとそこで鳴いてておくれ

# 今朝は子象のように寂しい

◆

山の峰——そっぽを向いたプロフィール——
石竹色《せきちく》＊に染まり
滑らかな大理石の
柱のようにすっくと立って
肝臓みたいな太陽が燃える朝の空を
いっしんに支えている
春風がベルトのようにぐるりと巡って
そよそよ吹き
小鳥もふうわり飛ばされてきたんだね

＊石竹色：ピンク色。石竹はナデシコ科の多年草。

# 鴨川*

鴨川　十里*の川原に
日は暮れ……暮れて……

来る日も来る日も恋しい人を見送り
水かさが減った……早瀬の水音……

冷たい砂を握りしめる冷たい人の心
曇り　寒さ　すっきりしない

蓼《たで》生い茂る巣
夫を亡くした水鶏《くいな》が鳴き

一つがいのツバメが空高く
雨乞いの舞を舞う

西瓜《すいか》の香り漂う夕方の川風
おらんじゅ*の皮を噛む　若い旅人の憂い

鴨川　十里の川原に
日が暮れ……暮れて……

＊鴨川：一九三五（昭和十）年に水害が起こり、その後、大規模な改修が行われた。この詩に描かれているのはそれ以前の風景である。
＊十里：韓国の十里は日本の一里に相当する。
＊おらんじゅ：オレンジのフランス語読み。芝溶が愛読した夏目漱石は「京に着ける夕」というエッセイの中で、学生時代に正岡子規と京都に旅行し、夏ミカンを食べながら街をうろついたエピソードを書いている。

# 柘榴《ざくろ》

薔薇のように咲く火鉢の炭火
立春の夜は枯れ草を焼く匂い

越冬した柘榴を割り
ルビーみたいな粒を一つずつ味わえば

透明な昔の記憶　新たな憂いの虹
金魚みたいに幼く儚《はかな》げな感触

この実は去年の陰暦十月　僕たち二人の
小さな物語が始まった頃に熟した

お嬢さん　かぼそい友よ　お前の胸に
一つがいの白兎が人知れず眠っている

古池に泳ぐ白い魚の指　指
寂しく　軽く　自ら震える銀の糸　銀の糸

ああ　柘榴の粒を一つ一つ光に透かし
新羅千年の蒼天を夢見る

# 発熱

軒端に立ちこめた煙について
葡萄《ぶどう》の芽が這い出てゆく夜　音もなく
日照りの地面にしみこんだ熱が
背中にこもり　むんむんと
ああ　この子の身体がまたほてっている
灯蛾《ひとりが》のような荒い息
かぼそい頭や注射の跡に唇を押し当て
私はつぶやく　私はつぶやく

恥を知らぬ多神教徒のごとく
ああ　この子がひどくむずかる！
明かりも薬も月もない夜
遠い空で
星が蜜蜂のように飛び交い

# 郷愁

古《いにしえ》の物語を囁《ささや》く小川は
野原の東の果てをめぐり
夕まぐれ
斑《ぶち》の黄牛《ファンソ》*が気怠《けだる》い金色の声で鳴いていた、
――その郷《さと》を　夢にだに忘られようか

火鉢では灰が冷めゆき

刈り取り後の畑に夜風の音が馬を走らせ
老いた父が眠気に耐えかね
藁《わら》枕を当てて横たわった、

――その郷を　夢にだに忘られようか

土で育った僕の心が
青いあーおい空の色を慕い
あてなく放った矢を探して
草露にびっしょり濡れた、

――その郷を　夢にだに忘られようか

伝説の海に踊る夜の波みたいな
お下げ髪をなびかせた幼い妹と
何と言うこともない　美しくもない
一年中素足の妻が
強い日差しを背に落ち穂を拾った、

――その郷を　夢にだに忘られようか

空にはまばらな星
どことも知れぬ砂の城へと歩みゆき
霜烏《しもがらす》*が啼きながら飛んでゆく粗末な屋根の下で
おぼろげな明りを囲み密《ひそ》やかに語らった、

——その郷を　夢にだに忘られようか

故郷を懐かしむ言葉の裏に、近代的な都会に住む者の孤独と疎外感が潜んでいる。

＊斑の黄牛：黄牛は朝鮮固有種の牛のうち、毛の茶色い大きな牡牛を指す。斑は毛がところどころ抜けていること、あるいは毛色がまだらになっていること。

＊霜烏：首と腹の羽毛が白いコクマルガラス。白居易「自江陵之路上寄兄弟」に「煙雁翻寒渚／霜烏聚古城（雁は冷たい水辺に飛び／霜烏は古城に集まる）」の詩句がある。「烏に反哺《はんぽ》の孝あり」の烏がこれで、「慈烏」とも呼ばれる。白居易には「慈烏夜啼」という詩もある。（漢詩に関する考察は主に南京大学教授尹海燕氏の論文から拝借した）

# 甲板の上

白金《ぷらちな》色に輝く空は低く垂れこめ
波が琉璃《がらす》のように砕けて沸き上がる
くるくると吹きつける潮風に誰もが頬を染め
船は華麗な動物のように吠えながら走る
黒い海賊みたいな孤島が立ちはだかっては
飛び交う鷗の背後にずるずる退く
あたりいちめん白い大きな腕に抱かれていて
地球が丸いということが嬉しい

ネクタイが気持ちよく風に吹かれ　寄せ合う肩に六月の日差しが沁みる
視線は水平線の彼方にまで旗のようになびく

◆

海風で
あなたの髪が悲しげに揺れる

海風にまとわりつかれ
スカートは恥ずかしげにひらひらする

あなたは風を叱る

いきなり飛び込んだって　まさか死にはしないさ
バナナの皮で海をからかい

若い心うず巻く水のうねりを
ふたり見下ろし　くすりと笑った

朝鮮には早婚の風習があり、芝溶も数え年十一歳で結婚している。当時の知識人青年の間では、故郷に妻を残して留学している時に別の女性と恋愛することも珍しくなかった。芝溶は同時期に同志社女学校に通っていた金末峰《キムマルボン》（後に小説家）と親しくしており、夏休みに一緒に朝鮮に帰ったこともある。芝溶は彼女を思慕していたようだが、これは片思いに過ぎなかったらしい。

# カフェ・フランス

移植された棕櫚《しゅろ》の下に
常夜灯は歪んで。
カフェ・フランスへ行こう

ルバシカを着た奴だとか
ボヘミアンネクタイの奴もいて
痩せこけた男が先頭に立つ

霧雨がヘビの目みたいに降る夜
ペイブメントに明かりはゆらめき。
カフェ・フランスへ行こう

こいつの頭は色を塗った林檎《りんご》
あいつの心臓は虫喰いの薔薇
濡れツバメみたいな男が跳ねてゆく

◆

『おお鸚鵡《ぱろっと》さん！　グッドイーブニング！』
『グッドイーブニング！』（やあ元気かい？）

鬱金香《ちゅうりっぷ》さんは今夜も
更紗のカーテンの陰でうたたねですか

僕　子爵の息子でも何でもない
手が妙に白くて悲しい

僕には国も家もない
大理石のテーブルに触れる頬が悲しい

おお異国種の仔犬よ
僕の足をなめてくれ
僕の足をなめてくれ

当時のカフェは喫茶店ではなく、女給のいる洋風の飲み屋だった。棕櫚、鬱金香、更紗、大理石などは北原白秋や木下杢太郎の〈南蛮文学〉によく登場した単語だ。移植された棕櫚のある店には「ルバシカを着た奴」（リンゴみたいに表面だけ赤い見かけだおしのマルクスボーイ）や「ボヘミアンネクタイの奴」（虫食いの薔薇のような似非《えせ》芸術家）など、移植された文化を追随する人々が集う。「鬱金香さん」を文字どおりのチューリップだと解釈する人もいるが、これは若い女給の可憐な姿の比喩だろう。「僕には国も家もない」は、当時日本の植民地となっていた朝鮮出身留学生の孤独。

# 悲しい印象画

西瓜の匂いする
初夏の夕暮れ………

遠い海岸
街路樹に沿って並んだ
電灯　電灯
泳ぎ出すみたいに　ちらちら光る

沈鬱に響きわたる
築港の汽笛……汽笛……
異国情調*にはためく
税関の旗　旗

コンクリートの歩道をすっすっと動く
白い洋装の点景！

それは流れゆく失心した風景……
意味もなく　おらんじゅの皮を噛む悲しみ……

ああ　愛施利《エシリ》*・黄《ファン》！
君は上海に行ってしまうのか………

＊異国情調：エキゾチシズム。異国情緒。〈異国情調〉は木下杢太郎による造語で、明治末期に木下や北原白秋、石井柏亭などの若い芸術家が結成した〈パン（牧神）の会〉を象徴する言葉だった。この詩の原文でも〈異国情調〉と漢字で記されている。また、芝溶が日本語で書いて『近代風景』に発表した同タイトルの作品では漢字に「エキゾティック」とルビが振られている。
＊愛施利：女性カトリック信者の洗礼名だろう（日本語作品では〈愛利施〉）。当時は洗礼名を中国式に漢字で表記する場合があったらしく、芝溶の洗礼名はフランシスコだが、常に〈方済各〉と書き、〈パンジゴ〉と読んでいた。この読み方は中国語由来のものと思われる。

# 笛

君は人魚を捕まえて
恋人にできるかい

月がこんなに青白い夜には
温かい海の中に旅行するのもいいね

君は琉璃《がらす》みたいな幽霊になって
骨をさらすことができるかい

月がこんなに青白い夜には
風船に乗って
花粉の舞う空にぷかぷか浮かぶのもいいね

誰もいない木陰で
笛を相手におしゃべりする

# 夕陽

焼けるような酒を
一気飲みしたって　ああ　ひもじい
慎ましやかに置かれたグラス
ばりばり噛んでもひもじいだろな
お前の眼は高慢ちきな黒ボタン
唇は一切れのさみしい秋西瓜

なめても　なめても　ひもじいだろな
飲み屋の窓で淡い夕陽が
爽やかに燃えて　ああ　ひもじい

# 悲しい汽車

陽炎《かげろう》揺れる島国の春　汽車は一日中おどけたマドロスパイプを　ふかして　いる
真夏の牛みたいに　のろ　のろ　ある　く

菜の花咲く段々畑の間を
あえぎながら　とお　る

僕はいつだって悲しいことは悲しいけど心は軽い

車窓にもたれて口笛でも吹こう

遠くの山は軍馬のように駆けてきて　近くの森が風のように飛ばされ
琉璃《がらす》みたいな瀬戸内海の果てしない　水　水　水　水
指を浸せば葡萄色に染まる

唇につけたら炭酸水みたいに弾けた
帆に風をはらんだ船たちが独楽《こま》みたい　に　押さ　れ
蝶になって飛んでゆく

僕は車窓にもたれて白兎みたいに気持ち良く眠るんだ
マダムRのけだるい頬が青マントの襟で　きれいな石炭の火みたいに
紅潮する

どうして子守唄なんか歌うのです？

お眠り
可愛い我が子よ
お眠り

僕は子供じゃないのに　鼻ひげの生えかけた子供ではないのに
物憂い息で窓を曇らせ僕のいちばん好きな名前でも書き　ながら　行くんだ
みかんで胸のつかえを洗い流そう

どの竹垣でも妖艶な椿が血の色に染まり
どの庭でもヒヨコの毛がふわふわで

どの屋根でも煙が見えないほど日差しが明るい
ああ　晴天よ　恋のようなめまい　めまいよ

マダムRの愛らしい唇が　青マントの襟でずっと震えている
姉らしい唇に今日こそ思い切りお辞儀してお返ししよう
僕はいつだって悲しいことは悲しいけど
おお　汽車より先に飛んでゆきたくはない

# 幌馬車

いま曲がっているのは時計屋の角　昼間は　軒下に吊るされている雲雀《ひばり》という奴が　都会の風に老いてちょっと煙のこもったような声で人の流れに向けてしきりにチジュルチジュルと囀《さえず》っていました
疲れたようにうとうとしている――愛らしい眠りの点とでも言いましょうか――姿が寄る辺《べ》ない私の心に浮かびます　なでてあげたい　なでてほしい気がします　哀れな私の影は黒い喪服のようにあてもなく流れてゆきます　リボンの取れた　じっとり湿ったロマンチックな帽子の下に　金魚の奔流のような夜の景色が流れます　若いイチョウ並木は異

国の斥候兵みたいに　そっと　そっと　流れます

　　悲しい銀縁眼鏡が曇り
　夜雨は横に虹を描く

時折通る夜の電車がカーブを曲がる時のキィーッという音で　私の小さな魂が驚いたようにはばたきます　帰りたい　暖かい火鉢のそばに帰りたい　好きなコーランを読みながら南京豆でも食べたい　でも私に帰る場所があるでしょうか？

四つ辻にりりしく聳《そび》えた赤いレンガ造りの建物の塔では　高慢なⅫ時が避雷針に向けて厳かに指を突き立てています　もう私の首がからりと落ちてもよさそうなものです　松葉みたいな格好で歩く私を高い所から

見下すのはさぞかし面白いでしょう　安心してゆっくり小便でもしましょうか　ヘルメットをかぶった夜警巡査がフィルムのように走ってくるでしょうね！

四つ辻の赤い塀が濡れています　悲しい都会の頬が濡れています　心はおずおずと恋の落書きをしています　ひとり涙ぐむのはソーニャの哀れな境遇を照らす赤い電灯の目玉です　私たちのその前夜はこんなに悲しいのですか　こんなに寂しいのですか　それならここで両手を胸に当てて　あなたを待つことにしましょうか？

ぬかるんだ道にヘビの目玉みたいなものがぎらぎらしています　靴が大きすぎて歩きながら眠くなります　泥にくっついてしまいそうです子供みたいにあなたが恋しい　その丸い肩が恋しい　そこに頭をもたせ

かければいつだって遠く暖かい海鳴りが聞こえた……

……ああ　待てど暮らせど来ぬ人を……

待ち疲れて眠くなった心は幌馬車を呼ぶ　口笛を吹くみたいに幌馬車を呼ぶ　銀の悲哀を載せた　鴛鴦《おしどり》の羽を敷いた幌馬車　まるであなたのようにきれいな幌馬車　チャル　チャルチャル　幌馬車を待つ

ここに描かれている都市は芝溶が留学時代に歩いた京都だ。〈ソーニャ〉はドストエフスキーの『罪と罰』に登場する娼婦の名、〈その前夜〉はツルゲーネフの小説のタイトル。

# 真っ赤な機関車

のろ　のろ　よそ見している間に
恋を知ってしまいそうな気がする
子供よ　駆けてゆこう
ほっぺたの可愛い火が
消えちゃったらどうするんだ
一目散に駆けてゆこう
風は　ひゅう　ひゅう
マントの裾に身体が浮きそう

吹雪は　ばら　ばら
小鮒を誘う餌のようだ
子供よ　何も知らない
真っ赤な機関車みたいに駆けてゆこう

# みずうみ　1

かお　ひとつ　なら
てのひら　ふたつ　に
すっぽり　かくれる　けど

あいたい　きもちは
みずうみ　ほど　あるから
ただ　めを　とじる

# 風浪夢　1

来て下さるというけれど
どんなふうに来るつもりですか

果てしない涙の海を抱けば
葡萄色の夜が押し寄せる
そんなふうに来るのですか

来て下さるというけれど

どんなふうに来るつもりですか

海を隔てた離れ島　銀灰色の巨人が
風の強い日に襲いかかるみたいに
そんなふうに来るのですか

来て下さるというけれど
どんなふうに来るつもりですか

外には深刻な目つきの雀たちがいて
窓の内側で憂いの頬杖をついていると
銀の輪みたいな明け方の月が
恥ずかし気にベールを脱ぐ

そんなふうに来るのですか

風浪にひとり眠気をもよおす頃
前の入り江は長雨で霧が立ちこめ
出船の太鼓が鳴ります　太鼓が鳴ります

# 馬　2

カササギが飛び
馬が従う
風は　そよ　そよ　水は　さら　さら　さら
六月の空は丸く　目の前には果てしない平原
すべて僕たちの国だ
ああ　シャツを脱いで口笛を吹きたい　鞭が舞う　舞う　舞う　舞う
馬よ
誰が産んだ？　お前を　お前は知らない

馬よ
誰が産んだ？　僕を　僕も知らない
お前は里で
人間みたいな息を隠して暮らし
僕は町の真ん中で
馬みたいな息を隠して育った
里でも町でも　行っても来ても
両親に会えなくて寂しかった
馬よ
山にこだまする声で朗々と嘶《いなな》け
哀しい鈴の音に合わせて僕がひとこと言うよ
太陽は中天　金色のヒマワリが首《こうべ》を巡らせ
青豆の花揺れる畑の上に

遥かな白い海
馬よ
行こう　行こうよ　古代のような旅に出よう
馬は行く
カササギが従う

# 海　1

O《おー》ーOーOーOーO*と叫びながら駆ければ
OーOーOーOーOと押し寄せる

昨夜　眠りのうちに
遠い雷鳴が響き
海は　今朝
葡萄色に膨らんでいる

ざぶ　ざぶん　ざぶ　ざぶん　ざぶ
ツバメが飛び込むみたいに波間で踊る

*O－O－O－O－O：韓国語原文ではハングル오《オ》を並べて波の形を視覚的に表現しているが、この詩とほぼ同じ内容の日本語詩においては該当部分がアルファベットOで記されているので、ここでもそのアイデアを借りた。

# 海　2

百年も泥の中に
隠れてた

蟹みたいに
横歩きしてみたら

遥かな青空の下に
果てしない砂原

# 海　3

孤独な心が
一日中
海を呼び——
海の上を
夜が
歩いてくる

# 海　4

湿っぽい波の音《ね》を背に独りで帰る
どこかで誰かが泣きくずれている気配

振り向けば遠い灯台が瞬《まただ》き
鷗の群れがぎゃあぎゃあ雨を呼びながら飛んでゆく

泣いているのは灯台でもない鷗でもない
どこかに落ちた　名も知らぬ悲しみ一つ

# 沈む太陽

兄さんは
お日さま沈む西海《ソヘ》*の向こう
遠くに　遠くに　行っちゃった
なぜだか　あっちの空は
血より怖い色！
何があったの　火事が起きたの

*西海：黄海のこと。

# 恐ろしい時計

兄さんが出てった部屋で
ユウガオの花みたいに炭火が消える
岬を回る汽車の嗄《か》れた声
こんな夜には雨が降る
マントの裾を引っ張りながら
黒、車窓を見てるんだろな

兄さんが出てった部屋に
時計の音がぞわぞわ怖い

# 瓶

コノハズク鳴く夜
姉さんの話――

青い瓶を割れば
海はたちまち真っ青

赤い瓶を割れば
海はたちまち真っ赤

カッコウ鳴く日
姉さんお嫁に行っちゃった――

青い瓶を割って
ひとり空を見上げ

赤い瓶を割って
ひとり空を見上げ

# 汽車

おばあさん
何がそんなに悲しいのです
泣きながら　泣きながら
鹿児島に向かう

くたびれた手ぬぐいが
涙でぐっしょり
それが目にちらついて

座席にもたれても
とうてい寝つけない

僕も歯が痛くて
故郷に帰るところです

菜の花咲く四月の風を
汽車は
一心不乱に突っ走る

# 故郷

故郷に　故郷に帰っても
恋しかった故郷じゃないなんて

雉《きじ》が卵を抱き
カッコウは季節に鳴くのに

心は故郷を離れ
雲となって遠い巷の空を漂う

今日もひとり山に登れば
白い花ひとつ優しく微笑むけれど
幼い日の草笛はもう鳴らない
乾いた唇にただただ苦い
故郷に　故郷に帰っても
懐かしいのは青い空だけ

# もう一つの太陽

町じゅうが仰ぎ見るような
薔薇が一輪　咲き上がったとしても
美しいとは思わない

私は私の年齢と星と風にすら疲労する

今　太陽を失ったとしても
驚くことはない

私はもう一つ別の太陽によって生きたのだから
愛のためなら食欲も失う
孤独な鹿のように耳ふたがれ　山道に立とうとも――
おお、私の幸福は私の聖母マリア！

京都でカトリックに入信して以来、芝溶が生活の中で最も大切にしていたのは信仰だった。主として一九三〇年代前半に書かれたカトリック詩篇は朝鮮の近代詩史において珍しい宗教詩だ。巨大な薔薇のイメージが印象的な作品。

『白鹿潭《ペンノクタム》』（文章社、一九四一）より

詩集『白鹿潭』に収録された詩のうち散文詩以外の作品は少ない語数で淡々と風景をスケッチしたものが多いが、散文詩の大部分は緊張感と不安に満ちており、日本の戦争に協力せよとの圧力を受けながら日々を過ごす詩人の鬱屈した心情を描くことで間接的な社会批判となっている。「日帝の警察はともかく、文人協会に集まっていた朝鮮人文士の輩から脅迫と侮辱を受けていたのだが、それでも最後まで耐えようとしていたのは政治性のない少数の芸術派だけであった。」(鄭芝溶「朝鮮詩の反省」)

感情の直接的な表現を避け、アイロニーまでまじえた冷静な描写によって複雑な心理を表現するモダニズムの技法が光る。「むくいぬ」「揚羽蝶」「盗掘」など官能的なイメージの目立つ作品が多いのも、この詩集の特徴だ。十篇を訳出した。

# 長寿山《チャンスサン》* 2

草も震えない岩山　一枚岩が十二の谷をくねくね巡る　谷ごとに冷たい空があり　凍った水は踏んで歩いても不安はない　雉や熊の足跡に自分の足を置く　川の流れは喞喞《しょくしょく》*とコオロギの声で鳴き　日が差しては翳《かげ》る雪の上にまた雪が積もり　雪の下で雪が押されて息をする　山全体にどっさり降った雪たちは傷つかない　私も身を投げ出すように座る　かつては躑躅《つつじ》の花影に赤く染まっていた絶壁の見える場所に

＊長寿山‥朝鮮半島北部の黄海南道《ファンヘナムド》にある山。標高七四七メートル。
十二曲がりと呼ばれる絶景で知られる。
＊喞喞‥小さな虫が鳴く声の形容。

## 白鹿潭《ペンノクタム》＊

1

絶頂に近づくほど大花薊《おおばなあざみ》の背丈が消耗される　峠を一つ登れば腰が消え　そのまた上では首を失い　しまいには顔だけ出して外界を覗いている　花模様のごとくに　咸鏡道《ハムギョンド》の辺境に劣らぬほど風の冷たい所背丈はなくても八月の大花薊は　ばらまかれた星のように爛漫だ　そうでなくとも山の影が暗い時　大花薊の花畑では星達が灯をともす　星が移動する　俺はここで気力が尽きた

2

岩高蘭《がんこうらん》　丸薬のように愛らしい実に喉を潤して生き返った

3

白樺のそばで白樺が髑髏《どくろ》になるまで暮らす　俺が死んで白樺のように
白むのも悪くはない

4

淋しさに鬼神も住まぬ曲がり角　孤独な鬼菅《おにすげ》は真昼でも青ざめる

5

海抜六千フィートの山頂で牛馬も人を恐れない　馬は馬どうし　牛は牛どうし　子馬が母牛を　子牛が母馬を追っては離れる

6

初めての出産に母牛が胆をつぶした　苦しくて百里の道を西帰浦《ソグイポ》まで走った　生まれてすぐ母を失った子牛はモオモオ鳴いた　馬を見ても登山客を見てもまとわりついた　うちの子供達も毛色の違う母親に任せればよかったものを　俺は泣いた

7

風蘭の香気　コウライウグイスが互いを呼ぶ声　済州《チェジュ》ウグイスが口笛を吹く　岩に水が転がる音　どこかで波が打ち寄せているような松籟《しょうらい》　秦皮《とねりこ》　椿　柏の木の間で俺は道に迷い　白い岩に葛のつたが這うくねくねした道に再び入った　偶然出くわした斑《ぶち》の馬は避ける気配もない

8

ぜんまい　わらび　つるにんじん　桔梗《ききょう》の花　雄宝香《おたからこう》　くるまばつくばね草　熊笹　岩茸　星のような滴《しずく》をつけた高山植物の名を口ずさみながら酔い　また眠った　白鹿潭の澄んだ水を慕って山脈の上に並ぶ行列は雲より荘厳だ　激しい夕立に濡れ　虹に乾き　花の汁に染まった

9

ザリガニも這わない白鹿潭の青い水に空がめぐる　疲れて動かない俺
の脚のそばを牛が通り過ぎた　追われてきた一抹の雲にも白鹿潭は濁る
俺の顔に半日のあいだ重なっていた白鹿潭は淋しい　俺はうとうとして
は目覚め　祈ることすら忘れていた

＊白鹿潭：白鹿潭は韓国・済州島《チェジュド》の漢拏山《ハルラサン》（標高一九五〇メートル）
山頂にある池の名前だが、これ自体が神話的なイメージを漂わせて
いる。「うちの子供達も…」という一節の意味は判然としない。

九城洞《クソンドン》＊

谷間には
よく流星が埋まる

黄昏に
雹《ひょう》がけたたましく積もり

花が
流刑に処せられる所

寺の跡だというのに
風も集まらない
山が薄い影を落とせば
鹿は立ち上がって稜線を越える

＊九城洞：金剛山にある渓谷の名。

# 忍冬茶《にんどうちゃ》＊

老いた主人の腸壁に
日に何度も忍冬の煎じ薬が下りる
高く吊るされた白樺のたいまつに
再び赤い火が灯り
隅っこの日陰で
大根が青い芽を吹く

温かい土の匂い　地霧が
風雪の音に身を沈める

綴じ暦もない山奥で
三冬《さんとう》*が白い

*忍冬茶：忍冬はスイカズラのこと。葉のついた蔓を薬として用いる。
*三冬：陰暦十月から十二月まで。

# むくいぬ＊

あの時　あなたの夜を守っていたむくいぬは　愛されるだけのことはありましたね　頑丈な垣根に枝折り戸も固く閉ざされていたのに　扉も障子もあったし　部屋の中では蠟燭の火がそっと明るく照らしていたのに　雪が積もった小道は人の気配もなかったのに　寂しさに耐えられなくて　あんなに吠え立てたのか　氷の粒が小石をかき分けて流れる小川の　ざあざあという音が入って来やしないかと　大きな峰を回り　まん丸に溢れ出ていた夜更けの月も　ひょいと落ちて来やしないかと　あちこち見回っていたのか　むくいぬ　それも無理はない　私など　あなた

はもちろんのこと　あなたの物にすら　触れられないのです　むくいぬ
吠えるやいなや　みすぼらしいひげを巻き　あなたの脱いだきれいな靴
の番をしながら　眠っていました

＊むくいぬ：原語〈サプサリ〉は煞《サル》（人に害を与える気）を払うものという意味がある。サプサル犬《ケ》とも呼ばれる朝鮮半島原産の犬で、全身が長い毛に覆われている。韓国の天然記念物第三六八号。

# 蝶

やれと言われない事は妙にやりたくなるもので　暖炉に新しい秦皮《とねりこ》をくべ　息を吹きかけてランプのほやを磨き　はめ直して芯を伸ばすと新しい炎が立つ　カレンダーのページを前もってちぎって掛ければ　明日の日にちがもう赤い　これから栗鼠《りす》の背みたいな連峰を越えるのだ　尾根道の上の遥かな秋空よ　秒針の音が響く　落葉散り敷いた山荘の夜　窓ガラスまで雲に覆われ　ぽと　ぽと　ぽと　ぽと　雨だれの音　てのひらほどもある蝶が窓に貼りついて覗きこむ　何と哀れな　開かない窓をこぶしでどんどん叩いても飛び去る元気すらなく　四方の壁が蝶の羽

と一緒に震える　海抜五千フィートに漂う雨に濡れたひとひらの幻想呼吸しよう　不器用に貼りついたこの自在画は　火を焚いてつくられたへんてこな季節がひどく羨ましい　羽が割けたまま　黒い目を猿のように見開くのではないかと恐ろしかった　雲が再びガラスにぶつかって岩のごとく砕け　星もごっそり降りて麓の村の空に光るのか　白樺の林がのそのそ歩く絶頂　黄昏のようにほの白い夜

海抜からすると、この山荘は漢拏山の山頂にあるものと思われる。

# 躑躅《つつじ》

一つの谷で雨を　別の谷で風を見る　一つの谷で日陰を　別の谷で日向を交互に踏んでゆく　虹色の日光が斜めに差す谷　蜂の群れが固まりを成して飛び回る谷　赤や黄色の雑木林に隠れてお昼寝なさる虎の匂いおそるおそる這うようにして何とか谷を抜け出た　一番上の峰に登って星より清潔な石を持てば　白樺の枝の上で空があまりに青い……むっとして小石を投げる……山じゅうの紅葉がざわざわする　麓の寺の暗い部屋で針を熱して足裏の水ぶくれをつつきながら　ようやく　あの虎の奴めと文句を言い　すぐ横になった　枕元に水の流れる音がする　そちら

に歩いていくと突然　季節外れの躑躅の花がなだれ落ちてきて　私は全身を赤く染める

かつては朝鮮半島全域に生息した虎も、今は北朝鮮地域にごく少数生息しているに過ぎない。金剛山登山の途中に虎の気配がしたのだろうか。後半は夢の光景。

# 揚羽蝶

　画具をかついで深い山に入れば行方は杳然《ようぜん》　紅葉散って　山の峰は顔をしかめ　雪が舞い　冬のあいだ峠の売店は　表の戸も中の戸も開くことはなかった　年を越し　春の気配が漂うまで　雪は軒の高さに積もっていた　大きなカンバスに　ひとひらの綿のごとく去年《こぞ》の白雲あらたに流れ　滝の落ちる音も青空も戻ったのに　皮靴と室内履きをきちんと揃えて　恋愛が生臭い匂いを放った　その夜　家々の窓で　夕刊に腐臭が満ちた　博多生まれの地味な寡婦の白い顔は淮陽《フェヤン》や高城《コソン》*の人達も知っていたけれど　売店の亭主になった画家ときたら名前すら分からない　松

の花粉は黄色く　郭公鳴き　ぜんまい　わらび　頭を垂れて　一対の
揚羽蝶　ひらひら青い山を越え

ここに描かれた情死事件が現実にあったかどうかはわからないが、芝溶は長男求寛《ググァン》に、次のようなエピソードを語っている。当時、金剛山登山で唯一休憩できる売店は知的な感じのする日本人女性が一人で経営していて、登山客はよく彼女から飲み物を買ったり言葉を交わしたりしていた。しかしある時行ってみると売店の戸が閉まっており、その登山の帰り道、芝溶は二羽の揚羽蝶が飛んでいるのを目撃した。

＊淮陽や高城：いずれも江原道《カンウォンド》に属する郡の名前。現在、淮陽は北朝鮮の領域にあり、高城という地名は韓国、北朝鮮双方に存在する。

# 礼装

モーニングコートで礼装し　万物相*に入った壮年の紳士がいた　旧万物の上から飛び降りた　落ちる途中で上着が松の枝にかかって脱げてしまい　ワイシャツ姿で　ネクタイが傷つかないよう　べたりとうつ伏せになった　冬の間じゅう　白いてのひらみたいな雪が何度も降って覆い隠してくれた　壮年が思うに「息をしなければ寒くはないだろう」　亡《なき》骸《がら》にふさわしい儀式を執り行い　冬の間伏せっていた　白い雪が幾重にも礼装のように積もり　春の気配が濃くなって消える

＊万物相：金剛山は外金剛、内金剛、海金剛の三つに分けられている。外金剛の万物相は山岳美で名高く、中でも旧万物相と呼ばれる場所は断崖絶壁と三仙岩、鬼面岩などの奇岩怪石で知られる。

# 船酔い

海峡がやたらと起き上がり
船は必死で這い上がっては滑り落ちる
苦痛とは我慢しようがしまいが襲うもの
死体がもう一度死ぬように
脳髄が飛び出そうなのをぐっとこらえる
鶏みたいな悲鳴が出るのは仕方ない

腑《ふ》抜けた雄鶏になってふらふら出てゆくと
脱出を試みる亀みたいな甲板に海峡が覆いかぶさる

若い船員が立ったままハーモニカを吹いている
海の森で台風にでも遭わない限り感傷的にはならないとでも言いたげに

いくら踏ん張っても海峡はしきりに落ちくぼむ
水平線が消えた日　断末魔の新婚旅行よ

ただ一つの義務を思い　彼女の船室に行く
祈りも許されない煉獄で訪問しようと

階段を降りようとすれば
階段が上がってくる

ドアに抱きついて意識は朦朧《もうろう》
空が僕の心臓を絞りにくる

令嬢は孤独でも悲しみでもない
フクロウみたいな目で体裁を取り繕っている

慰めようとしたとたん
吐き気がこみ上げる

連絡船ではいっさい看護がない

銅鑼を鳴らし汽笛を鳴らすだけ
自分たちのトランクに額を当てたまま
八時間ずっと祈り　泣いた

初出未詳。『白鹿潭』に収録されたものだが、内容からして一九二〇年代の作品だろう。

# 未収録詩篇

# わが国の女たちは

わが国の女たちは五月です　喜びです
女たちは花の中から出てきます　藁束から出てきます
草むらから　水から　飛び出します
女たちは木の実みたいな赤い色です
海で拾った小石みたいな匂いがします
暖流みたいにぽかぽかします
女たちは羊に青い草を食べさせます
牛に小川の水を飲ませます

アヒルの卵　白い卵を育てます
女たちは鴛鴦《おしどり》を刺繍します
女たちは素足になるのが好きです　恥ずかしがり屋です
女たちはお母さんの髪に分け目をつけてあげます
お父さんのひげを自慢します　からかいます
女たちは生栗も　胡桃《くるみ》も　イチゴも　ジャガイモも大好きです
女たちは丸い肘と白い額を持っています
髪は春の草　肩は満月です
女たちは城の上に立ちます　大通りを走ります
公会堂に集まります
女たちはソプラノです　風です
土です　雪です　火です
女たちは黒い眼で挨拶します

口で返事します
六月の日差しに首《こうべ》を巡らすヒマワリみたいに
神様の前でうつむきます
女たちは緑です　柾《まさき》です
女たちは井戸をきれいにします
弁当を作ってくれます　水筒にお湯を入れてくれます
女たちは試験管を透かしてみます　円を描きます　線を引きます
気象台に赤い旗を立てます
女たちは海が好きです　世界地図が好きです
国の地図が何の××で×か知っています
どんな絵の具で塗られているのか知っています
女たちは山が好きです　望遠鏡が好きです
距離を測定します　遠近に照準を当てます

×××に立ちます　××します
女たちは××と自由と旗の下に　鳩のように散らばります
××と××と旗の下に　蜜蜂の群れみたいに集まります
わが××女たちは×××です　太陽の光です

×は『朝鮮の光』七八号（一九二八年五月）掲載時に伏字にされた部分。

# 盗掘

百日致誠の末　山参《サンサム》*はついに現れなかった　白樺の焚き火でぽっと照らされ　桔梗の根　つるにんじん　雄宝香の芽の間で　山参の芽が身震いした　山参採りの老人は安い煙草に火をつけ　くわえたまま岩を枕にその夜　赤くなった胸もとに紅《あか》いチマを巻いた愛らしい後添えさんみたいな山参を抱きしめる夢を見た　焚き火の炎が　消えたかと思うとまた生き返る　警官の片方だけ細めた目が　遠くの火をすっと銃で狙った星もない黒い夜　火薬の火が紅い絵の具のように美しい　栗鼠《りす》が尻尾をくるりと巻いて逃げてゆく

（『文章』一九四一年一月号）

感情を極端なまでに抑制した文体で、抑圧する権力に対する反発を明確に表した作品。検閲にかかって削除されたのかどうかは不明だが、『白鹿潭』には収録されなかった。

＊山参：野生の高麗人参。栽培されたものより遥かに薬効が高いが稀少なため高値で取り引きされる。

# 韓国語エッセイ

『文学読本』（博文出版社、一九四九〈再版〉）から京都留学時代の思い出を描いたエッセイを訳出した。

# 合宿

合宿などという睡眠制度は兵隊や運動選手などのためにあるもので、か弱い女性には特殊な場合を除いて、不幸な制度ではないかと思います。留学していた時分の、食事は共同食堂、寝るのは寮の部屋、勉強は図書館、講演、親睦会、礼拝などはホール、何かの対校試合などあれば合宿所で昼も夜も頭や肩を並べるさまざまな共同生活というのも、今振り返ってみれば感慨深くないこともないですね。そうした生活によって僕の青春と放縦が正されていたのだし、一人の社会人として何とかやっていけるだけの力を養うのに絶対的な効果があったのかも知れません。今も生活形態が共同的でないこともないけれど、また共同食堂で生煮えの飯や軟らかすぎる飯を食べたり、夜中に他人の肘が首にからみついて息ができずに目を覚ましたり、うっかり他人の腹を蹴とばしたりする団体生活をしたいかと聞かれれば、もう一度二十三歳に戻れるとしても遠慮するでしょう。

日曜日に粛々と、あるいは楽しそうに列を作ってチャペルに入る女子学部の寮生たちを見るたび、花園の蝶みたいな生活がちょっと羨ましくなったけれど、それはその年齢で遠くから眺めたからそんなふうに思ったのかもしれません。男子学部の寮生活はひどく索漠としたものでした。体育祭の日には競技だけでなく展覧会や模擬店、仮装行列、寮の公開などが行われましたが、中でも寮の公開はバーバリズムが最大に発揮される催しでした。

何号室かのドアに「人畜同居」と張り紙があるので見てみると古びた

畳部屋に、なぜか仔牛が一頭つながれていて、その横でドテラ姿の学生が勉強するふりをしていたり、また別の部屋のドアに「生ける屍の陳列」と張り紙があるので開けてみると、綿のはみ出た、ぷんぷん臭うほど汚い布団をかぶって真っ昼間から白眼をむいてずらりと並んで横たわり、見物に来た女学生を驚かせる長髪派の予科生がいたりと、何とも怪しげな展示がたくさんありました。そして、退役中佐で学生監と舎監を兼ねていたM先生に対して沈黙のデモをするのが年中行事になっていました。人は結局、自分が経験したことしか語れないのでしょうが、学生なら共同生活もどうと言うことはありません。しかし、女工の寮生活は極めて陰惨だと、顔見知りの女工に聞いたことがあります。某紡織工場の見習い女工は、お金をまったく使わなければひと月に一円五十銭もらうのだそうです。寮の食費四円五十銭を引いた後の金額です。

ひと月四円五十銭の食費でどれほどの栄養が供給されるのか、想像すらできません。スンニュン*が濁っていて変な匂いがするのが耐えられないそうです。大人の女性が、月のものが何カ月もなかったり、あってもごく少量だったりすると聞いた時、自分が経験していないものは結局知らないまま終わってしまうのだなと思い、ひどく可哀想で、恐ろしい気がしました。青白い顔に、若いのに皺までできていました。それでも化粧をしているのを見ると、貧しさは女性にとってはいっそう致命的だという気がします。

　そんな中でも実のきょうだいのように互いに頼ったり慰めたりしながら何年も過ごしていると聞いて、女性を動かすのは必ずしも銀貨や紙幣ではないのだ、という当たり前みたいなことを考えたりもしました。彼女たちはもともと無駄遣いする習慣がないからそんな生活でも貯金する楽しみもなくはないのだろうけど、十数時間労働して寮の部屋で寝るのに、その報酬と愛着は、ぴかぴか光る銀貨だけなのでしょうか。

酒場の女給も、故郷の家族と離れて福岡、京都、東京、あるいは平壌、大連などで暮らしている者が多いようです。たいていは勤めている店の二階で、午前二時か三時に十数人が一つの部屋で寝るのだそうです。いったい何を精進するための合宿なのでしょう。彼女たちが毎晩相手をするのは、酔って騒いで歌って卑猥な冗談を言う男たちです。それなのに、どうして夫の服も掛かっていない、子供の泣き声も聞こえない二階で、まるで何かの試合に臨む運動選手みたいに毎晩合宿して精進しないといけないのでしょうか。彼女たちは眉を描き、髪をカールし、厚化粧をしてきれいな服を着て紅灯に舞う蝶のように妖艶なのに、なぜ悲嘆にくれなければならないのでしょう。男の関心は必ずしも金色に輝く勲章にあるのではないし、女が銀貨を数えることだけに愛着を持っているはずはありません。

朦朧とした酔眼に、涙のにじんだ瑞気《ずいき》*が彼女たちの頭の後ろに浮かんでいるのが映ります。貧苦は一種の徳だから、彼女たちに後光が差すのでしょうか。美しくも貧しい女たちは冷たい二階で婚期を逃し、銀貨を抱いて合宿しないといけないのです。

＊スンニュン：ご飯を炊いた釜の底に残ったおこげに水を加えて温めたもの。お茶代わりに飲む。
＊瑞気：縁起のよい雲気。めでたく神秘的な雰囲気。

# 喫茶ロビンの、頰紅を差した娘たち

ロビンという、子供服と婦人服専門の洋服店があった。大きくも派手でもないがきれいで品があり、あの豪華な四条通りでも名高い店だった。ロビンで洋服を仕立ててこそ、本格的な洋装という感じがした。

その店のショーウインドーは狭いながらもかなり長く、華やかな店内にふらりと入ってみるのは愉快だった。

花畑や竹藪を通り過ぎる時と路地や山道を歩く時の気分がそれぞれ違うように、軽く美しい上質のシルクで作った洋服が色とりどりの草花のように並ぶ間をすり抜ける気分が、また格別だったのだ。

ロビン洋服店に掛かった子供服からは子供の匂いがしたし、婦人服からは女性の匂いがした。

脇の匂い、小便の匂い、生臭い匂い、乳臭い匂い、おむつや出来物の匂い、青っぱなや泥の匂いとはまったく別の幼い子供の純粋な匂いというものがあり、油、白粉、クリーム、ニンニク、口臭、かび臭さ、脇の匂い、香水の匂い、エプロンの匂い、かまどの匂い、洗面器の匂い、寝間着や枕、狐の襟巻の匂い、不健康な匂い、血行病の匂い、あるいは不潔な貞操の匂いとは全然違う高貴な女性の匂いがある。それはなんと新鮮で尊いものか。

少なくとも蓮の葉の爽やかな香りには匹敵する。ロビン洋服店が繁盛したのは、こうした高貴な香り漂う服を作って陳列していたからかもしれない。

しかし、着る前の服から匂いが漂うなんて、おかしなことではある。どう見てもお得意様ではなさそうな角帽の学生やニキビ面の予科生なんかが、通りすがりにふらりと入ったりしていた。

ロビン洋服店はそれほど繁盛していた。

ロビンの主人がそれに目をつけたのか、洋服店に喫茶店を併設した。喫茶店の名前もロビン。

喫茶ロビンの入口が別にあるのではなく、洋服店の入口から入り、服の間を通って奥に行けば、ドアと呼ぶほどでもないような簡素なドアがあった。ドアは開け閉めしてもベルベットに手を触れるみたいに静かで、出入りする客も影のように軽かった。

騒々しい蓄音機の音楽もなかったし、客たちの話し声もささやくように小さかった。レコードの音楽で紛らわさなければならないような不愉快な話をする人も、方言丸出しでまくしたてる人もいなかった。

お茶の種類はどこにでもありそうなものだったけれど、お茶をいれる腕前がよそとは違った。小さなカップの色やお茶の色、照明や装飾品、壁の色、天井の色、マダムの服の質感、そのすべてが調和していたために、客たちの品位や会話もそれにならったのではなかろうか。

しかし、その店の一番の特色は、お茶を運んでくる子供たちにあった。大きい子でもせいぜい十四歳ぐらいの女の子が三、四人、同じようなおかっぱ頭で黒い短めのワンピースを着て、やはり黒いストッキングと黒い靴を履いていた。

全員、頬にコインぐらいの丸く赤い頬紅を差しているのが、店の印象を明るくしていた。

子供に頬紅などけしからんと言われるなら、それも仕方ないことではあるけれど、その子たちはいっさい口をきかなかった。たまにつまらないことを言う客がいても蓮の花のつぼみのごとく口を閉ざし、ふっくらした頰に笑みを浮かべることすらなかった。幼いとはいえ女には違いないので、むやみに笑顔を見せたりすれば店の品位が失われるから、そうせざるを得ないのだろう。

ともかく、その店に品の悪いものは一つもなかった。その店の服から漂っていた子供や女性の生き生きとした香気は、ひょっとしたら喫茶店で蝶のように忙しく立ち働く、頰紅を差した娘たちから出ていたのではないか……今でもそう思う。

# 鴨川上流（上）

鴨川の水源がどこなのか、ついに知らずじまいだった。行ってみるとか資料を調べてみるとか、地理好きなら当然やりそうなことを、やらないまま六年過ごした。

たいてい中鴨に下宿していた。下鴨は都心なので水が汚く空気も淀んでいて、いろいろな点から住みたいとは思わなかった。中鴨あたりまで来ると、夏は川辺に待宵草が黄色く咲き乱れ、あの名高い友禅を染めたり乾かしたりさらしたりしていた。昔から、鴨川の水にさらした絹は艶があり、鴨川で洗った肌は玉のごとく白いという言葉があった。そのせ

しか　その地は絹と美人で有名だ。しかし鴨川は梅雨時になると濁り、そうでなければ干上がってしまう。漱石の紀行文に「鴨川の石ころを踏んで……」という一節があったと記憶しているが、干上がってしまうと川床に積もった小石が露わになり、冬の弱い日差しに照らされる時など、もの寂しいことこのうえない。

夏になれば蓼《たで》が赤く茂り、夜は水鶏《くいな》が鳴くのだが、一度、そうでない時、今は満州にいる麗水《ヨス》*が来て、どうしてここが「蓼生い茂る巣／夫を亡くした水鶏が鳴」く所なんだとがっかりしたように言うから、焦って弁明したことがあった。とにかく僕は鴨川の川原で歩いたり、座ったり、意味もなく川に石を投げたり、月を眺めて思いにふけったり、期末試験に追われると寝そべってノートを見たりしていた。

川幅が広いから橋がとても長くて、春や秋の雨の日に高下駄を履き青い番傘を差して橋を渡るのは、なかなか趣があった。広重の浮世絵にもそんな光景がある。

向かいに見える比叡山も季節によって装いを変え、晴れたり曇ったりするごとに姿を変える。近くには、布団をかけて寝ているみたいだと言われる東山*もあった。面白い形の山だった。

朝鮮では道でちょっと立ち話をしてもあれこれ言われるけれど、あちらでは二人でいる時に雨が降って傘が一本しかなければ一緒に差した。花のように若い人たちが相合傘で歩いていても、嫌味のない程度にちょっとからかわれるだけで済んだ。

上賀茂まで行くとほんとうに田舎で、沼に水が溜まっていたし、竹が生い茂って一年中水車が回り、冬でも赤い椿の花が咲いていた。冬でも水は凍らず草も枯れないから椿の花が咲いて不思議はない。

休日の散歩にうってつけの静かな所だった。そこからさらに上流に行くと比叡山の麓に八瀬という村があり、今はどうなっているか知らないか、当時その辺りでケーブルカーの敷設工事をしていて、朝鮮人労働者がたくさん働いていた。

工事は早春から始まり、現場は大勢の人でにぎやかだった。石工は中国人がやっていて日当も高かったけれど、土を掘って運ぶのは朝鮮人で、賃金はひどく安かった。

何百人もいる騒がしい現場には、ハッピのような作業着を着ているのに昔風のまげがハチマキの隙間からのぞいている人も少なくなかった。

春先の強い日差しに、遠くで火が燃えているみたいな陽炎が立ち、雲雀は高く飛んでさえずるのに、彼らの顔は朝鮮の土の色で、我々にしかわからない方言やユクチャペギ、山打令《サンタリョン》、アリランなどの朝鮮民謡をそのまま持ち込んでいた。

＊麗水：朴八陽《パクパリャン》（一九〇五〜一九五五。詩人。芝溶の学生時代からの友人）の号。

＊布団をかけて…東山：芭蕉の弟子服部嵐雪の句に「蒲団《ふとん》着て寝たる姿や東山」（『枕屏風』）がある。

＊ケーブルカー：京都市内から比叡山に行く際に利用される叡山ケーブル。一九二五（大正十四）年十二月に開業した。比叡山にはこの他にも、大津市側から比叡山にアクセスする坂本ケーブルがある。

鴨川上流（下）

その単純で素朴な労働者たちも、どういうわけか何カ月もいると荒くれて、向こう見ずにも親方を袋叩きにしたり巡査を殴ったりと、次第に強気になってくるのだ。直接話せば善良な人たちだったけれど、顔の表情は険しく、目が吊り上がっている。そして、洋服を着て髪を分けていたり、チマの代わりに袴、チョゴリの代わりに日本の着物を着ているのを見ると、暴言を吐いたりからかったりする。僕たちにはわからないと思っていたのだろうが、ぶるぶる震えるほどひどいことを言っていた。僕たちは気にせずに知らない顔をして彼らのそばを通った。わかるにはわかるが、ひどく珍奇な言葉だった。英語の辞書を引いてシェークスピア戯曲の奇怪な罵り言葉を学んでいる身としては、わからないふりをして彼らの悪口を聞くのも、それなりに面白くはあった。だが、顔が赤らむようなことを言われると、僕たちは互いに顔をそむけた。

理解できる悪口に知らないふりができるのは、いわば教養の力というものだろう。

それでも、もし突然シャベルで土をかけられたりしたらどうしようと思うと緊張した。そんな時には胸を張り、厳しい顔と目つきを保ちながら注意して通った。

しかし、僕たちの好奇心と郷愁は挫折しなかった。

梅雨後の小石だらけの川原や、雨が降り続けば流れてしまうような所、いうなればあまり文句を言われない場所に、彼らは粗雑な家を造っていた。箱を壊して出た板、電線、ブリキの板などを組み合わせて造った家に夫婦と子供、弟の嫁、叔父、義理の母、果てはあかの他人まで出入りしていた。

女たちのチマチョゴリは汚れていたり、白かったり、青黒かったりしていたし、薄汚れた子供たちは下半身をむき出しにしていた。それでも、他郷で出会えば嬉しいものだ。

彼らは僕たちが朝鮮人学生だと知ると、とても喜んだ。女たちが十数人も出てきて僕たちを取り囲み、まるで新婚夫婦を人質にしたみたいに暖かい所に座らせ、そうかい、朝鮮から来て学校に通っているんだねと言い、出身地や年齢を聞いた。どういう関係なのかと言うから、僕は思わず、いとこ同士だと言ってしまった。彼女たちは特に聞きとがめもせず、なるほど、いとこだからよく似ていると言うので、僕たちはそのまいとこのふりをした。こんな時、実はいとこではないと言ったり、いとこでないことがばれたりしたら、何の罪もないのに非難されてしまう。

中に目ざとい感じの人がいた。お客をもてなすのが好きなようではあったが、カナキンのチョゴリに紫の結びひもをつけ、袖先にも紫の飾り布をつけた、ちょっとおしゃべりな人だった。その人が立ち上がって出ていくのを見て、僕たちは気配を察した。急いで立ち上がろうとすると部屋にいた人たちが一斉に引き止め、お昼を食べていけと言った。

白米のご飯は豆入りで、粟も交じっていたけれど確かにおいしかったし、ヒメニラ、ニガナ、ヨモギなどの野草でこしらえた朝鮮式のおかずばかり並んでいたのも珍しかった。

精いっぱい感謝しながら食べていると、亭主が帰ってきたらしく、おかみさんが弁解するように僕たちのことを説明する声が聞こえた。さっきまで優しくしてくれていたおかみさんが、ちょっと焦っているようだった。

亭主の機嫌が悪そうなので、僕が眼鏡をはずし、片手をついて片膝を立て、どこどこから来ただれだれですと朝鮮の住所を番地まで細かく告げて挨拶したところ、相手の態度が軟化した。どんな怒りでも、鎮められないことはないのだ。

僕の教養の力によって、同郷の人たちと最後まで和やかに過ごした。部屋の中、戸口、庭、台所から、気をつけて帰れ、また遊びにこいと口々に言われてその家を出た帰り道、僕たちは見てはいけないものを見てしまった。何の囲いもない片隅で、一人の女が二つの石の上にしゃがんでいたのだ。ちょっとあわてたようではあったが、僕たちが平気な顔を装ったので、女もそのままにしていた。

昔、朝鮮で農村伝道に出た外国人宣教師が、たいていのことは我慢できても便所だけは困ったらしく、朝鮮の便所は石二つで成り立っているという笑い話をしていた。その「コンシスツ・オブ・トゥー・ストーンズ」という、悲しくも滑稽な言葉が忘れられない。

もちろんすべての便所が石二つで出来ていたはずはないが、そういう場合もあったのだろう。

山が迫り、広い平野があり、快晴の、言葉がまったく違う荒涼とした他郷だからといって、便所が石二つで出来ていてはならないという法はない。

# 愁誰《しゅうすい》語《ご》＊ 4

海老名という姓があります。海老名の下に総長をつければ当然、海老名総長＊です。学校の掲示板には校令、人事異動、集会、貴賓奉送迎などについての告知がすべて海老名総長の名で掲示されていて、多い日は二十枚ほどにもなりました。海老名総長が風邪をひいても、すぐわかりました。わざわざ海老・名総長と呼ぶ、ひねくれた学生もいました。

ある時、海老名総長が理事ともめて、辞任することになりました。学生たちが蹶起してストライキをしたので騒ぎが大きくなりました。

「海老名総長を留任させよ！」

「海老名総長を支持せよ！」

「海老名総長のために我々は一戦も辞さない」

そんな激しい文句のポスターが教室、テーブル、掲示板、入口、受付、外壁に張られていたり、運動場に落ちていたりしました。どのポスターにも海老名総長の顔が大きく描かれていて、赤いインクでいくつも丸をつけてありました。

◆

英会話の先生ミセス・シオミ*は文字どおり金髪碧眼の美人でした。国際結婚で塩見という姓になり、名前も桜子だったけれど、学生たちはチェリーと呼んでいました。痩せたキンキン声の先生で、時間になるとただちに閻魔帳を出し、「ナウ、ボーイズ……」と言って授業を始めました。

学生の中には応援団風の頬ひげを生やした者が何人もいて、年も先生と大して違わなかったのでしょうが、大人っぽくふるまっていました。ある時、教室で英語のスピーチをするという課題が出され、僕に順番が回ってきたことがあります。

僕はみっちり準備したうえで、立ち上がって、おおよそこんなことを話しました。

「淑女おひとかたと紳士の皆様。ずっと見たいと思っていた平安の古都、京都に来てみると、ほんとうに聞いていたとおりでした。鴨川もそうだし、御所も、三十三間堂、清水寺、嵐山もそうです。特に驚いたのは神社、仏閣がとても多いことで、狐や牛をまつった神社まで……」

教師なら、よく出来たとか駄目だとか言うなり、笑うなり、顔をしかめるなり、何かすべきではありませんか。しかし彼女は閻魔帳に何か印をつけただけでした。

阿部という学生はミスター・エイビーと呼ばれていました。僕はミスター・テイショウ*と呼ばれて、実にうんざりでした。魚乙彬《オウルビン》*夫人から、ミセス・シオミは朝鮮人留学生を嫌っていると聞いて、僕は敵意を持ちました。

ある日、僕が相国寺の松林を散歩していると、ミセス・シオミがあわてて走ってきました。

「ミスター・テイショウ！　うちの子を見ませんでしたか？」

僕はただ、

「ノー！」と言い放ちました。

◆

柿は渋いのが熟して赤くなる頃に甘くなるものでしょう。

それが待ちきれないなら、渋抜きをして食べなければなりません。

でも、花が落ちて実が成った時から甘い柿を見ました。こうした柿を甘柿と言います。

学校からの帰り道に、この柿の木が植わった家がありました。僕はその家で、夏から秋まで柿をもらって食べていました。しまいには、あまりにもありがたく、また申し訳ないので、僕がその家の木に登って柿をもいであげましたよ。

＊愁誰語：杜甫の「遊子」に「巴蜀愁誰語（巴蜀の愁いを誰に語ろうか）」という語句がある。
＊海老名総長：海老名弾正。一八五六〜一九三七。日本組合基督教会牧師。一九二〇年から一九二八年まで第八代同志社総長。
＊ミセス・シオミ：当時、同志社大学法学部講師だった塩見清の夫人エッサー。
＊テイショウ：鄭芝溶の日本語読み。
＊魚乙彬：釜山で病院を開設したアメリカ人医師チャールズ・アービン（Charles H. Irvin 一八六二〜一九三五）の韓国名。

日本語作品

# 散文詩

芝溶が日本語で書いて発表した詩は数十篇発見されている。韓国語と日本語の両方で同じような内容の詩を書いている場合もあるが、ここに紹介する散文詩「みなし子の夢」に対応する韓国語詩は見つかっていない。収録に当たって漢字は現代式に直し、旧かなづかいはそのまま生かした。《 》は、書き間違いや意味の曖昧な部分に現代式かなづかいで引用者の解釈を示したもの。

# みなし子の夢

橋の下をくぐると、乞食でもありさうなみじめさになるものを《乞食にでもなったようなみじめな気持がするはずなのに》——何んで私は橋の下が好きなんだらう。

蜘蛛たちがアンテナをはつてすましこんでゐる下で私ばかりが好きなことばかりを考へこんでゐるのが楽しい。

五拾銭銀貨を、ひとつひろつた。嬉しいこと！　ここはまつたく好きになつた。神さまは今でも有りがたいな。

蜜柑の皮をむいて食べたり夢にもならないことばかり考へたり　綺れ

いな流れに足を　ざんぶりこ　と入れる。ちろろちろろ　木琴《ザイロフォーレン》《ザイロフォーン（xylophone）の誤記》を鳴らすばかりにこころもちが涼しい《木琴でも鳴らしたかのように気持が爽やかだ》。

夜はこういふ所に　いつそう　こんもりと　より蒲《た》まつてゐる《溜まっている》。私のこころは蝙蝠でもつかまふとするのか。

がつたん・がつたん・がつたん・・・　ほー　誰れだ？私がここにゐるよ。

のそり　のそり　と橋の影をぬけでる。

大きい空よ。星よ。むらがつてゐる夜の群れよ。魔の円舞《ロンド》を踊るビロードの夜よ。

こんな大きい夜とともに遊ばう。私が躍ねる。蛙が　いつぴき　躍ねる。私が躍ねる。蛭《蛙》が　いつぴき　躍ねる。

流れる水をさかのぼつてゆくのは　びつこを引く野鶴ばかりでもない。

砂に埋められる私の足ゆびが白い魚たちのやうにかしこくなる。

　このままでだんだんさかのぼつてゆく。どこまでもいかう。

　山の奥、岩のかげま《岩の陰》、しづくのしたたる辺り。蟹たちが逢ひびきしてゐた。そこに古し《懐かし》のお母さんが蠟を明かしてゐりやつさる《蠟燭を灯していらっしゃる》。

　このままでだんだん下つてゆく。どこまでもいかう。椰子の葉がひとつ漂流《なが》れてきた。

　溺れじにした悪い人がひとり漂流れてきた。　眼が生きてゐた。

　小婦《エミナイ》たちは　みいんな　子指さきを鳳仙花で紅く染めてゐた。水かめを頂いた《戴いた》列が黄い《黄色い》夕暮れの中を帰つてゆく。

　小供《オリナイ》たちは　みいんな　人さしゆびを口にくはへてゐた。遠く霞んだ島島をほれぼれと見とれてゐる。ふくよかにふくらんでゐる帆かけ船が独楽のやうにすべつてゆく。

生れ故郷の海辺は秋西瓜のやうに淋しい。

風が少し吹いてきた。しめつたるい風だ。

蛍が草むらに逃げまどつてゐる。

星が菖蒲のお湯から出たばかりに《出たように》　びつしより濡れてふるへてゐる。雨模様だ。

私は又橋の下にひき蛙のやうにひきこまねばならない。濡れやすい心はブランケツトを欲しがる。あそこに暖い火が咲いてゐる――

――十年立つても《経っても》恋でもない　みなし子の夢がつづく。

窓がらすがあわただしうわななく。風。どこかで水鶏が　ぷん！　ぷん！


（『近代風景』一九二七年二月）

# 日本語作品

# エッセイ

『近代風景』に投稿された日本語エッセイ二篇を紹介する。かなづかいと漢字を現代式に改めた。

また、明らかな誤りを修正したり、漢字にふりがなを加えたりした部分がある。

# 手紙一つ

編集部のOさんに。*

冒険のつもりで出して見ましたが、それが、白秋さんのお眼にとまったようでした。
自分の書いたものがきれいに組まれた活字の香りは恋と皮膚のようなものでした。
じつに嬉しゅうございました。
白秋さんにお手紙を上げなければならないのですけれども、こういう、種類の手紙は灯籠に慕いよる七月の群蛾のようにおびただしく舞いこむことでございましょう。

そして淋しく黙殺されることもあるでしょう。

お手紙は遠慮致しますから、そういう、心持もお察し下さい。

ただ、無口と遠慕で東洋風に私淑させて頂きましょう。


悲しい貝殻が輝かしい水平線を夢みる。


詩と師は私の遠い水平線でありました。

何か詩の時評みたいなものを書くようにと言われましたが私はまだ論ずることはできません。いきなり詩人になって、いきなり論ずるようなことは、いきなり顔が膨張することでしょう。今に皆食ってしまうほどのすばらしいことが言いたいのですけれども、それが、血の昇りがちな二十代の激情の為に青い気焔にしかなりません。

青い気焔はこらえていましょう。

・・・

日本の笛でもお借りして稽古致しましょう。

私はどうも笛吹きになりそうです。

恋も哲学も民衆も国際問題も笛で吹けばいいなと思います。

党派と群衆、宣言と結社の詩壇は恐しい。

笛。笛。笛吹きは、何処でも、何時でも、居るものでしょう。さよなら。

(『近代風景』一九二七年三月)

＊編集部のOさん：北原白秋の弟子であり『近代風景』の編集に携わっていた詩人・大木篤夫(惇夫)だろう。

# 春三月の作文

僕は山の美の擁護者たるには古典的な奥ゆかしさを欠いているのでケーブルが出来て、いいものか、悪いものか決める事が出来なかった。女性的な山——だという。それで僕もしなやかで優しい山を感じ慕うている。

日本の伝統を象徴する山——だという。すべて東方の古《いにしえ》に憧憬《あこが》れる心でこの山を敬愛する。

傷つけられる山のために慨嘆して止まない人々の気持ちも、いつか自分に移ってきたような気がして、いよいよ山のために悲しむ一人になってしまった。

山の歴史を説明して貰う。山の歌人や法師のことを教えられる。木魚や鐘の音の奥義を聞かされる。

僕がポール・クローデルの詩が好きになったりラフカディオ・ヘルンの態度にもなりすましこむ時はこういう時である。

早《はよ》う山が治ればいいな。山は痛くあるだろう。

あの長く引っぱった憎く白い所を見せるのは残忍なことである。木をたくさん植えてあそこをかくしてやればいい。山の傷が緑色で癒される。

漱石さんが生きのびていられても、もうああいう悠々たる山の紀行は書けなくなるかも知れない。

見よ。蜥蜴《とかげ》のような怪物が山のてっぺんまで一息に上ったり下りたりしているではないか。

山の朝ぼらけに顔を正すために、山の夕焼けを浴びるために、この怪物の腸《はらわた》から幾度も運ばれたことがある。

これは不思議な童謡だ。

夜の更けた時、遥か頭上で僕の時計は悲しくも整調に回っていた。銀の蟋蟀《こおろぎ》のように、かちかちと山頂の夜を噛んでいた。風が矢のように流れていた。

そうだ。海抜三千呎《フィート》の頂上で僕は借金の証文を否認する。でも時計の回らぬような頂上はあるまい。ここでも星は遠く歌わねばならぬのか。

これは不思議な童謡だ。

僕は山のためにもう憤慨しなくてもいい。

＊

年取った雌鶏の格好が可笑しいと思わぬか。どう見ても繊細な想像や情緒で動くようには思われない。しりっぽの不風流といったら、さながら肥満した老婦人のスカートを広げたさまである。首のふり方も、コッコッと鳴く音も、艶々しい所は一つもない。あの歩く風采といったら悲しい女性の運命のようなものである。僕は年取った雌鶏の後ろを見送っているうちに途方もないサンチマンタルを働かすことがある。

けれども春三月になってから可愛いひよこの群を抱えた姿を見給え。若いお母さんになっているではないか。例のしりっぽも母性の調和がとれて少しも軽蔑の念が出られるどころか、すべて保護と愛が払われるだろう。

姉さま、私達もやがて格好が悪くなりますよ。

可愛い赤ちゃんを早うもうけなさいね。トマトのような兎のような赤ちゃんを。

＊

姉さまは僕の信心深くないことを非難する。

孔雀が羽を拡げるような僕の詩情を、イムポライットな振る舞いを非難する。深刻さと思慮と上品さを要求せられる度に軽い血が上のほうに流れるのを感じる。

姉さま。僕は哲学や宗教や品行の以前――少くとも野蛮な状態。紫色の時代にいるのであります。私達は慎重である前にまず如何にして空気の中で自由であり得るか、まれに出食わされるビーフティックの切れが如何に物足らぬものであるかが問題であります。

ややもすれば演説に脱線する折、姉さまよりお祈りを強いられる。あの額の大理石色の緊張と不思議にも神性で朗々たるお祈りの声で僕はいよいよ小さい悪魔にされる。
神さま。姉さま。僕は決して悪い人ではありません。

（『近代風景』一九二七年四月）

# 訳者解説

## 感覚の解放

一九三五年に『鄭芝溶詩集』が出版された時、朝鮮の詩は大きな転機を迎えた。近代と現代を敢えて分けるなら、ここから現代詩の時代に入ったと言っていいだろう。

古来、朝鮮では漢詩について該博な知識を持ち、かつ自分でも上手に書けることが知識人の条件とされ、ハングルは一段低いものとみなされてきた。ハングルで書かれて発表された最初の自由詩としては崔南善《チェナムソン》の「海から少年に」（一九〇八年十一月『少年』創刊号）を挙げるのが通説だった。最近では、大韓民国初代大統領李承晩《イスンマン》が一八九八年に「古木歌」というハングル詩を発表したという報道もあるが、いずれにせよ、これらは現代人の鑑賞に堪える作品ではない。

朝鮮初の近代詩と呼ぶにふさわしい作品を挙げるとするなら、一九一九年に『創造』に発表された朱耀翰《チュヨハン》の散文詩「火祭り」がふさわしいだろう。朱耀翰は東京留学時代に川路柳虹門下にいた人で、日本語で書いた詩もある。

ああ日が沈む　西の空に　淋しい川の上に　崩れゆく桃色の夕焼け
……ああ　日が暮れれば　日が暮れれば　日ごと杏の木陰でひとり泣く夜が再び訪れるけれど　今日は四月八日　大通りに押し寄せる人たちの声を聞くだけで胸が弾むのだから　僕ひとり涙をこらえられない

はずはない（…）

（朱耀翰「火祭り」冒頭部分。拙訳）

一九二〇年代になると金素月《キムソウォル》の詩集『躑躅《つつじ》の花』（一九二五）、李相和《イサンファ》「奪われた野にも春は来るのか」（『開闢』一九二六年六月号）、韓龍雲《ハンヨンウン》「ニムの沈黙」（詩集『ニムの沈黙』、一九二六）なども発表される。いずれも才能ある人々によって書かれた優れた口語自由詩だが、それでもどこか隔絶した時代の観念的なロマンチシズムという印象は否めない。皮膚にぞわっと来る感じがない。『鄭芝溶詩集』が出た時、当代最高の知性を備えた評論家たちは口々にその驚きを表現した。「わが国の詩に現代の呼吸と脈拍を吹き込んだ最初の詩人」（金起林《キムギリム》）、「フランス語や英語に翻訳して、彼らの超現実的芸術傾向、その貴族的水準に並びうるのは、この詩人を措《お》いて他にない」（梁柱東《ヤンジュドン》）、「彼の天才を疑い、否定するものは皆無だ」（金煥泰《キムファンテ》）。また、英文学者李敭《イヤン》河《ハ》は、朝鮮語がフランス語のごとき美しい言葉になったと喜び、「我々もついに詩人を得たのだ！」と言っている。それは英語やフランス語で詩を習作していた若き西脇順三郎が、萩原朔太郎の詩集『月に吠える』（一九一七）を見た時、日本語でも詩が書けるのだ、と初めて思ったことにも似ている。彼らはもちろん朱耀翰、金素月、李相和、韓龍雲の口語自由詩をよく知っていて、それなりに評価してきたはずだが、それらは朝鮮語詩に「現代の呼吸と脈拍」を吹き込むものではなく、フランス語や英語の詩に比肩するほどの作品とは思えなかったのだ。

この驚愕ぶりは、北原白秋の詩集『思ひ出』（一九一二）の出版記念会で、上田敏がこの詩集を「日本古来の歌謡の伝統と新様の仏蘭西芸術に亘る総合的詩集」と呼び、感覚解放の新官能的詩風に「白秋を崇拝する」とまで激賞した（北原白秋「『思ひ出』のおもひで」）ことを連想させるが、それは偶然ではない。芝溶は少年時代から北原白秋の作品に傾倒していたからだ。同志社大学留学中に白秋の雑誌『近代風景』に日本語詩を投稿して賞賛を受けたこともある芝溶は、いわば朝鮮語の世界において〈感覚〉を〈解放〉した。それは埋もれていた古語や方言を掘り起こし、漢文、日本語、英語などの表現に触発されながら変形させ、あるいは造語して朝鮮語の表現力を高め、感覚的で繊細な詩的言語に磨き上げる錬金術だった。金起林は「ほとんど天才的敏感によって、言葉の、主に音の価値とイメージ、清新で原始的な視覚的イメージを発見し、文明の新しい息子の明朗な感性を初めて朝鮮語の詩に導入した」鄭芝溶を、「最初のモダニスト」と呼んだ（「モダニズムの歴史的位置」）。

なお、岩波文庫の金素雲《キムソウン》『朝鮮詩集』に芝溶の作品が数篇入っているが、口語体の朝鮮語作品の多くが文語体の日本語に訳されており、格調は高いものの原文より厳かで古めかしい感じがする。

## 童詩というジャンル

〈童詩〉という言葉は日本ではあまり使われない。だが、韓国では子供の書く詩、あるいは大人が子供に読ませるために書く詩という意味で日常的に使われている。実のところ、これは北原白秋の造語だ。鈴木三重吉の『赤い鳥』（一九一八〈大正七〉年創刊）に自作の〈童謡〉を発表する一方で投稿作品の選考に当たり、一九二一年には英国の伝承童謡を翻訳した『まざあ・ぐうす』を出版した白秋は、歌うための童謡ではない、大人が子供の気持ちになって書いた、目で読んで鑑賞するための芸術的な詩を提唱し、一九二三年にそれを童詩と名づけた（もっとも白秋自身、必ずしも童詩という言葉を一貫して使っていたわけではない）。

芝溶の初期作にもこの童詩あるいは童謡と見られる作品があり、中には〈童謡〉とか〈小女詩〉などと銘打たれたものもある。本書で訳出した「沈む太陽」も、一九二六年に〈童謡〉として「西の空」というタイトルで発表されたものだ。韓国の童詩は、芝溶ら一九二〇年代に日本に留学していた文学青年たちによって始まったと言えよう。

## 文壇の成立

芝溶は一九三〇年代の詩人だと思われがちではあるが、『鄭芝溶詩集』に収められた詩篇のかなりの部分は一九二〇年代に書かれたものに手を加えて収録したのではないかと思われる。そうであれば朱耀翰、金素月、李相和、韓龍雲といった詩人たちと、時代的に隔たっているわけではない。しかし『鄭芝溶詩集』が出版された一九三五年頃には近代的教育がかなり普及して読者層が厚くなっていたことや、プロレタリア文学が衰退し純文学が盛況を見せる現象が日本と同様、朝鮮にも起きていたことが、この詩集の人気を後押しした。

　当時、日本の植民地だった朝鮮でも、日本とほぼ同時期にプロレタリア文学に対する弾圧があった。平野謙が『昭和文学史』（一九六三）において「昭和十年前後」（昭和十年は一九三五年）と言ったように、日本ではプロレタリア文学が衰退し始めた一九三三年から日中戦争が始まった一九三七年までが「文芸復興期」だった。一九二四年頃からプロレタリア文学が盛んになっていた朝鮮ではＫＡＰＦ《カップ》（朝鮮プロレタリア芸術家同盟。エスペラント語Korea Artista Proleta Federacioの略）の第二次検挙があった一九三四年以来、同様の状況に入り、プロレタリア文学全盛期には主流になれなかった叙情詩が文芸誌を飾った。

　一九三九年に文芸誌『文章』が創刊されて芝溶が投稿詩の選者になると、詩人になりたがる文学青年はいっそう増え、彼らは『鄭芝溶詩集』を教科書にして、その詩風をまねた。茨木のり子の紹介によって日本でもよく知られている尹東柱《ユンドンジュ》も、芝溶に憧れた青年の一人だ。芝溶はまったく記憶していなかったが、尹東柱は学生時代に芝溶の家を訪ねたことがある（その縁で、尹東柱の遺稿詩集が出版された際には芝溶が序文を寄せた）。この頃にはもう、各新聞社が毎年一月一日に当選作を発表する新春文芸というコンクールも盛況を呈していた。朝鮮の文壇は一九三〇年代後半には形成されていたと言えるだろうが、それは既成の詩人に推薦されるか、名のあるコンクールで入賞するかしない限り入ることのできない、権威的で閉鎖的な世界だった。そして芝溶は否応なしに、その中心に押し出されていた。

〈発禁〉と〈解禁〉

しかし、太平洋戦争が終結し朝鮮が日本の植民地支配から解放された時、芝溶はまるで創作能力が枯渇したように見るべき詩を書くことができないでいた。そのため、社会を分析しようとする努力が欠けていたという反省から、彼は唯物史観を肯定するようなことを言い、それが発端となって不当な攻撃を受ける。評論家趙演鉉《チョヨンヒョン》は「手工業芸術の末路」（『平和日報』一九四八年二月十八日）という文章の中で、鄭芝溶は言語感覚だけで詩を書く、頭脳も心臓もない手工芸術の詩人だと罵倒した。そして、〈反共〉を掲げる韓国初代大統領李承晩の独裁政権に癒着し「保守文壇最高の権力者」として「長い間影響力を行使」（金明仁《キムミョンイン》）していた趙演鉉に、彼の推薦を受けて世に出た評論家たちが逆らうことは難しかった。

　趙演鉉が下した評価は、それから四十年過ぎた時点でも後輩評論家によって繰り返されている。趙演鉉の推薦を受けて評論家として世に出た金《キム》允植《ユンシク》は、芝溶作品を「生と分離」した「技巧的、人工的、貴族的」（『近代詩と認識』、三七五頁。初出は『現代文学』一九八八年一月号）なものであると言い、「（…）李敭河が（鄭芝溶作品について、引用者）感嘆したのは、平安朝千年の古都・京都の京人形の感覚、その精錬美なのかも知れない」と書いている。芝溶作品を、繊細な京人形、つまり「手工芸術」だと言っているのだ。

朝鮮戦争が勃発（一九五〇年六月二十五日）すると混乱のさなかで芝溶は行方不明になり、その頃死亡したらしい。行方不明になった経緯も明らかにされないまま、芝溶は〈越北《ウォルブク》作家〉（自ら三十八度線を越えて北に行った作家）と規定され、一九五〇年代初めに作品が発禁処分にされてしまった。

一方、李承晩大統領の後も朴正熙《パクチョンヒ》、全斗煥《チョンドゥファン》と続いた独裁政権が終わる一九八〇年代まで、政府の言論弾圧に反対する韓国の民主化運動の流れの中で文学評論家や研究者たちは〈抵抗の意志〉が表われているという理由でプロレタリア文学を過大評価し、政治的主張の読み取れない〈ブルジョア文学〉は、芸術的に優れていても軽視した。

要するに芝溶作品は、政治的な理由で右からも左からも冷遇された。芝溶の作品が解禁されたのはソウルオリンピックを目前にした一九八八年三月三十一日で、それ以前には禁断の書でしかなかった。こっそりプリントをつくって芝溶の詩を生徒に教える先生や、ノートに書き写して愛誦する少数の人たちがいたものの。さらに、評論家であると同時にソウル大学教授として学界に影響力を及ぼしていた金允植が解禁直前に下した先の評価は、芝溶作品が「感覚は優れているが、内容のない詩」であるというイメージを定着させた。

しかし思い返せば、『鄭芝溶詩集』を手にした時、朝鮮の人々は初めて自らの言語で自らの感情のすみずみまで、繊細に表現する術を知った。そうした詩的言語を創造するのは、詩の中に政治的思想を盛り込むことなどより、はるかに難しい作業だ。詩人村野四郎は、座談会「北原白秋の再評価」(『文芸読本　北原白秋』河出書房新社、一九七八)の中で、「作品の上に現われた、イデオロギッシュな論理だけを取り上げて、もし論ずるとすれば、芸術至上主義的な単独者としての芸術は、成り立たなくなるわけです。それはおかしいじゃないかということを、考え出したわけです。つまり、いままでの象徴詩を、新しい感覚の中へ、それをことばによって開放したということが、そのことばに重要な意味があるんじゃないか。詩人が思想といった場合には、すべてがことばの問題に集約されるはずです」と述べている。芝溶についても、ほぼ同じことがいえるだろう。彼は朝鮮語において前人未到の地平を開いたのだ。

＊

先に書いたように芝溶作品には古語、方言、造語が多用されているために研究者によって解釈が大きく異なる詩語も少なくないが、その多彩な表現ゆえに音の響きも豊かで美しい。その良さはもちろん原文でなければ味わえないものだ。翻訳で何がどれほど表せるのか心もとないが、きらきら輝く目をした快活な青年の感性や、息を詰めて暗い時代を耐える詩人の心性が伝わればうれしい。

二〇二一年九月八日　吉川凪

鄭芝溶の生涯と作品に関する詳しい考察はnote（https://note.com/yoshikawanagi）で無料公開している。本書に収録した詩は「みなし子の夢」以外はすべて朝鮮語からの翻訳だが、芝溶は学生時代に日本語でも詩を書いている。芝溶が直接日本語で書いた作品も、全部ではないがここに収めた。

# 鄭芝溶年譜

（年齢は数え年。生年に関しては一九〇二年と記録されている場合もあって確定できないが、ここでは芝溶が同志社教会に提出した自筆の入会志願書に従って一九〇三年生まれとした）

一九〇三（明治三六）年　一歳

陰暦五月十五日、忠清北道《チュンチョンプクト》沃川郡《オクチョングン》で漢方薬店を経営する父・鄭泰国《チョンテグク》と母・鄭美河《チョンミハ》の長男として生まれる。家は比較的裕福だったが、ある時期に洪水で財産を失い、絶望した父はカトリック信仰を捨てた。さらに実母が家を出るという不幸に見舞われた。

一九一〇（明治四三）年　八歳

四月六日、沃川公立普通学校入学。

一九一三（大正二）年　一一歳
宋在淑《ソンジェスク》と結婚。実際に同居したのはずっと後。

一九一四（大正三）年　一二歳
三月二十五日、普通学校卒業。その後、ソウル（当時の呼称は京城《けいじょう》）で妻の親戚の家に滞在し漢学を学ぶ。

一九一八（大正七）年　一六歳
四月二日、私立徽文《フィムン》高等普通学校入学。学費が調達できず退学、銀行の給仕として就職した後、校主の配慮で校費生として復学。

一九一九（大正八）年　一七歳
学園紛争を主導して無期停学になったが、復学。

一九二一（大正一〇）年　一九歳
友人達と『揺籃《ヨラム》』という謄写版の雑誌を始める。この雑誌は芝溶が京都に行ってからも回覧雑誌として続いた。一月、徽文高普の校内誌『徽文』が創刊され、編集に参加。

一九二二（大正一一）年　二〇歳
三月、徽文高普四年制を卒業、学制改編により同校が五年制になったため引き続き五年に進級。

一九二三（大正一二）年　二一歳
三月、同校卒業。

一九二六（大正一五、昭和元）年　二四歳

一九二七（昭和二）年　二五歳

一九二八（昭和三）年　二六歳

五月三日、同志社大学予科入学。

留学中は朝鮮語の雑誌などに詩を発表する一方、日本人学生の同人誌などにも参加して日本語詩も発表している。

四月、同志社大学英文科に進学。北原白秋主宰の『近代風景』に投稿した詩が掲載される。

この頃、長女がはしかに肺炎を併発して死亡したらしい。

十二月四日、同志社教会において洗礼を受ける。

プロテスタントの教義に懐疑を抱き始め、カトリックに傾く。

陰暦二月、長男・求寛《ググァン》誕生。芝溶の五男二女の子供のうち無事に成長したのは求寛、求翼《グイク》、求寅《グイン》という三人の息子と末っ子で次女の求園《グウォン》。

七月、カトリック河原町教会で洗礼を受ける。

この頃、郷里では、芝溶の説得によってカトリックだった父が信仰を取り戻し、家を出ていた芝溶の生母が戻ってきた。

一九二九（昭和四）年　二七歳

六月三十日、同志社大学英文科卒業。宗教活動に熱中するあまり卒業が遅れたらしい。

九月、徽文高普に英語教師として赴任。

一九三一（昭和六）年　二九歳

カトリックソウル教区青年会会報『星《ピョル》』編集に参加。自作および翻訳詩を発表。

十二月、求翼誕生。

一九三三（昭和八）年　三一歳

五月、『星』が廃刊される。

六月、『カトリック青年』誌が創刊され編集を担当。同誌に詩、散文、翻訳を発表し、李箱《イサン》、金起林《キムギリム》などの作品を紹介した。

七月、求寅誕生。

八月、九人会《クインフェ》結成に参加。

一九三四（昭和九）年　三二歳

七月、李箱の詩「烏瞰図《オガムド》」を朝鮮中央日報に連載するよう便宜を図るも、抗議が殺到して中断。

一九三五（昭和一〇）年　三三歳
十二月、求園誕生。
十月、詩文学社から『鄭芝溶詩集』刊行。

一九三六（昭和一一）年　三四歳
三月、九人会の同人誌『詩と小説』創刊。創刊号だけで終わった。

一九三八（昭和一三）年　三六歳
カトリック系の『京郷《キョンヒャン》雑誌』編集に携わる。
四月、徽文高普が徽文中学校に改称。
八月、友人と共に旅行しながら新聞に紀行文を連載。

一九三九（昭和一四）年　三七歳
五月、父・泰国死亡。
二月、『文章《ムンジャン》』創刊。芝溶は詩部門の選者として新人を発掘した。

一九四〇（昭和一五）年　三八歳
吉鎮燮《キルジンソプ》画伯と共に平安道《ピョンアンド》、満洲などを旅しながら「画文行脚」を『東亜日報』に連載。

一九四一（昭和一六）年　三九歳

一月、『文章』二二号に「新作鄭芝溶詩集」と題して「朝餐」、「盗掘」など十篇の詩を発表。

九月、文章社から詩集『白鹿潭《ペンノクタム》』刊行。

一九四二（昭和一七）年　四〇歳

「窓」を『春秋』に、「異土」を『国民文学』に発表。以後、解放後まで文壇的活動はほとんど見られない。

一九四五（昭和二十）年　四三歳

解放と共に徽文中学校を辞任。

十月、梨花《イファ》女子専門学校教授として赴任、文科科長となる。韓国語、英詩、ラテン語を担当。

一九四六（昭和二一）年　四四歳

五月、建設出版社から『鄭芝溶詩集』再版。母・美河死亡。

六月、乙酉文化社から『芝溶詩選』刊行。

八月、梨花女子専門学校が梨花女子大学と改称。引き続き同校教授。

十月、カトリック系の『京郷新聞』創刊と共に主幹に就任。

一九四七（昭和二二）年　四五歳

八月、京郷新聞社辞任、梨花女子大学教授に復職。ソウル大学に出講。

一九四八（昭和二三）年　四六歳

二月、梨花女子大学辞任。博文出版社から散文集『文学読本』刊行。

一九四九（昭和二四）年　四七歳

三月、同志社から『散文』刊行。

五月、咸鏡南道《ハムギョンナムド》にあった修道院が共産党に占拠され、同院にいた求翼が家に戻る。

一九五〇（昭和二五）年　四八歳

三月、トンミョン出版社より『白鹿潭』三版刊行。

五～六月、『国都《ククト》新聞』に紀行文「南海五月点綴」を連載。

統営《トンヨン》で詩人・柳致環《ユチファン》の家に一週間逗留。

朝鮮戦争の混乱のさなかで行方不明になり、死亡したと推定される。「越北《ウォルブク》作家」とみなされたために一九五〇年代初め頃から作品が発禁処分を受けた。求翼、求寅もこの頃行方不明となる。

一九八八（昭和六三）年

発禁処分が解除され、民音社より『鄭芝溶全集』全二巻が刊行される。

二〇〇一（平成一三）年

求寅が北朝鮮で暮らしていることが判明し、離散家族再会事業によってソウル在住の兄・求寛、妹・求園と再会を果たす。

## 鄭芝溶（정지용）

チョン・ジョン●一九〇三?～一九五〇?　忠清北道《チュンチョンブクト》沃川《オクチョン》生まれ。徽文《フィムン》高等普通学校卒業後、一九二三年から同志社大学に留学、予科を経て英文科を卒業した。早くから北原白秋に私淑し、留学中に白秋主宰の雑誌『近代風景』に日本語詩を投稿して掲載されたこともある。徽文高普教師、梨花《イファ》女子大学教授、京郷《キョンヒャン》新聞主幹などを歴任。『文《ムン》章《ジャン》』誌では詩部門の選者として有望な新人を発掘し、京都で洗礼を受けて以来、カトリック教会関係の仕事にも尽力した。朝鮮戦争中に行方不明になり、その頃死亡したと思われる。

感覚的な言語で近代人の心理を繊細に描いた芝溶の詩は一九三〇年代後半の詩壇に圧倒的な影響力を与えたが、韓国では彼が〈越北《ウォルブク》〉したとして作品は一九八八年まで発禁処分を受けていた。

詩集『鄭芝溶詩集』『白鹿潭《ペンノクタム》』のほか、エッセイ集『文学読本』『散文』がある。

## 吉川凪

よしかわ なぎ●仁荷《イナ》大学国文科大学院で韓国近代文学を専攻。文学博士。著書に『朝鮮最初のモダニスト鄭芝溶』、『京城のダダ、東京のダダ——高漢容《コハニョン》と仲間たち』、訳書に申庚林《シンギョンニム》詩選集『ラクダに乗って』、谷川俊太郎・申庚林『酔うために飲むのではないからマッコリはゆっくり味わう』、呉圭原《オギュウォン》詩選集『私の頭の中まで入ってきた泥棒』、金恵順《キムヘスン》詩集『死の自叙伝』などがある。金英夏《キムヨンハ》『殺人者の記憶法』で第四回日本翻訳大賞受賞。

CUON韓国文学の名作 004

鄭芝溶《チョンジヨン》詩《し》選集《せんしゅう》

むくいぬ

第一刷発行　2021年10月31日

著者　鄭芝溶（チョン・ジョン）
訳者　吉川凪
校正　嶋田有里
ブックデザイン　大倉真一郎
DTP　安藤紫野
印刷所　大日本印刷株式会社

発行者　永田金司　金承福
発行所　株式会社クオン
〒101-0051
東京都千代田区神田神保町1-7-3 三光堂ビル3階
電話　03-5244-5426
FAX　03-5244-5428
URL　http://www.cuon.jp/

万一、落丁乱丁のある場合はお取替え致します。小社までご連絡ください。



ISBN 978-4-910214-32-0 C0098

---

「CUON韓国文学の名作」はその時代の社会の姿や
人間の根源的な欲望、絶望、希望を描いた
20世紀の名作を紹介するシリーズです

---